GALWAY KINNELL
梦魇之书
The Book of Nightmares

〔美〕高威·金奈尔 著

叶 春 译

著作权合同登记号 图字 01-2020-5202

THE BOOK OF NIGHTMARES
by Galway Kinnell
Copyright © 1971 and © renewed 1999 by Galway Kinnell
Published by arrangement with Houghton Mifflin Harcourt Publishing Company
through Bardon-Chinese Media Agency
Simplified Chinese translation copyright © 2021 by Shanghai 99 Readers' Culture Co. Ltd.
ALL RIGHTS RESERVED.

图书在版编目(CIP)数据

梦魇之书/(美)高威·金奈尔著;叶春译.
—北京:人民文学出版社,2021
(巴别塔诗典)
ISBN 978-7-02-016670-1

Ⅰ.①梦… Ⅱ.①高…②叶… Ⅲ.①诗集-美国-现代 Ⅳ.①I712.25

中国版本图书馆 CIP 数据核字(2020)第 273127 号

责任编辑　朱卫净　何炜宏
装帧设计　李苗苗

出版发行　人民文学出版社
社　　址　北京市朝内大街 166 号
邮　　编　100705

印　　刷　上海利丰雅高印刷有限公司
经　　销　全国新华书店等

字　　数　40 千字
开　　本　889×1194 毫米　1/32
印　　张　4.25
插　　页　5
版　　次　2021 年 6 月北京第 1 版
印　　次　2021 年 6 月第 1 次印刷

书　　号　978-7-02-016670-1
定　　价　59.00 元

如有印装质量问题,请与本社图书销售中心调换。电话:010-65233595

译者前言

高威·金奈尔（1927—2014）仍在纽约大学任教时，一个学生问他是怎样写出《梦魇之书》这本诗集的。金奈尔迟疑片刻后说："That—was pure poetry, it wrote itself。"——那是纯粹的诗歌，它将自己书写。金奈尔一生共著十本诗集，获得包括普利策和国家图书奖在内的各大文学殊荣，而在他看来，只有这本书才当之无愧于"纯粹诗歌"的头衔。读者对此或许也不难苟同：这本出版于1971年的《梦魇之书》不仅被公认为他最杰出的作品，也被誉为美国当代诗歌史上最具震撼力的诗集之一。

正如金奈尔所说，此书浑然天成，字字句句仿佛从诗人潜意识里溢流而出。而其效果并不是让人无法切入的私隐呓语：它既天然又雕琢，既粗犷又精准，内容形式相辅相成。全书为一首非叙事体长诗，由十个章节组成，每章节又分七小节。在书中，人类生存状态的种种极致展现淋漓：我们既看到新生婴儿的"天门穴/在世界之光中长长搏动"，又看到士兵

"脖子已断……/手举头颅［奔］跑"；看到"北极光/在黑暗天空绽放并消失,/盛开得/如此彻底以致消失",又看到流浪者"用纯粹的饥渴之灯/点亮自己的步伐//且无论踉跄到哪里哪里就是路。"

此书创作于越战之巅,其"梦魇"主题则与战争及其诗人的政治意识不可分割。金奈尔二战期间曾在美国海军服役,对战争的恐怖深有感受;1960年代,他加入美国种族平等大会,亲身到种族冲突恶劣的南部各州做种族融合和选民登记工作,同时他还积极参与了反越战运动。这些经历得以转换成诗行:"记得北边/那个伞兵吗?/我把他射到只剩肠线挂在降落伞上,/每晚我一吃下安眠药,/他的一只细眼,一片/笑,就会从我面前浮过"。这个第一人称的"我"不仅对越战做出忏悔和声讨,也将二十世纪人类的种种劣行加以罗列和陈述,以免它们被粉刷、遗忘:

> 在我擅自闯入地球的第二十个世纪,
> 已处决了十亿个异教徒、
> 邪教徒、犹太人、穆斯林、巫婆、术士、
> 黑人、亚洲人、基督兄弟,
> 他们都咎由自取,

> 处决了整个大陆的红种人,因为他们不但生活方式不自然
> 还与这片土地依依相连,
> 处决了十亿种动物因为他们比人类低贱,
> 并已准备好了对付嗜血的外星生物,
> 我,一个基督徒,在呻吟中宣布最后的遗嘱。

认识到无人能与人类的集体罪行真正逃脱干系,诗人笔下的"我"则既是目击者又是当事人,既是行刑人又是受害者,罪恶与苦难一样深重。

然而在这个"我"一次次陷入生存的噩梦中时,爱的希求不断苏醒。长诗的另一主线围绕诗人的幼女莫德和幼子弗格斯的诞生展开。金奈尔在开篇章节中对新生的莫德说:

> 而在未来的日子里,
> 当你失去父母,
> 失去
> 任何风的歌唱,任何光,
> 你舌上只有几片被诅咒的面包,

那时，但愿有个声音回到你身边，
魂魄般，呼唤你
"姐妹！"
它来自死去的万物。

那时
你将打开
这本书，尽管它是一本梦魇之书。

这本《梦魇之书》于是也是一本爱之书，是诗人将其所知所感遗言般的倾注。它如绝唱一样不遗余力，不求保留。在对末日般世界的恐惧和诅咒中，在对子女绝对的爱和忧患中，诗人追寻一个可以把持的真理。而就像这本书一样，这个真理只能是一首将自己书写的诗："它的标题是所有诗／的梦，所有爱的文——'对生存的温柔。'"

*

我于十多年前第一次读到《梦魇之书》。那时赴美不久，读书交流都必经一个翻译过程，尽管那种翻译往往是粗略的，一次性的。而读到这本书时，我感到有必要将它一字一句翻译出来，用翻译的方式对它做精密解读——因为我想弄明白这样一本牵人心魄的书是怎样写就的，想从字里行间探索它的秘密。最终，我意识到这样的诗作其实无可效仿，它像艾略特的《荒原》和里尔克的《杜伊诺哀歌》一样，是"纯粹的诗歌，它将自己书写"。

从个人情趣到与人共享，翻译成书要求我明了书中的各个细节。而这首长诗语言质感极强，文字很少直白透明，句式往往层出叠加，句法不索常规；另外，诗人还擅用生僻字词或自造字词，这些特质都给翻译带来挑战。有幸的是，在金奈尔离世前，我曾通过书信将翻译不明之处与他切磋。比如第一章节的标题"*Under the Maud Moon*"，金奈尔在这里将他女儿的名字"Maud"（莫德）直接放于"Moon"（月亮）这个词前，造成专有名词的效果，这使我猜想莫德一名或与天体有关。而金奈尔在信中给予否定，我于此才不加顾忌地将标题直译为《莫德月下》。又比如第五章节的第四小节有这样一句诗行："I ghostwrote my prayers myself in the body-Arabic of these nightmares"。据诗人解释，其中的联字符词"body-Arabic"是他对"body English"一词的再造，而 body English 是个体育专用词，指运动员掷球时身体下意识的转动。由于这样的词汇借用和换置很难在译文中显现，我最终决定将此句意译为："我把祈祷鬼书于噩梦的肢体语言中。"

译文对原文的忠实和译文自身的独立时常不可兼得。我的方式是这样的：在尽量直译原文后，暂时撇开原文，集精力于译文，反复读来，确保语言的意义、乐感、质地的最佳结合；有时我会将译文放置一段日子，重新读起时又会遇到新的坑洼之处，再次对照原文后，往往会发现这些拗口断意的地方源于过于忠实原文的字词和句法；这种时候，我会选择在不篡改原意的基础上作出偏离，以尊重译文的有机完整性。

金奈尔在信中曾说能够看到他的诗在中文这门美丽的语言中存在是一大幸事。现在终于有机会将他的这部杰作展现给中文读者，我深感荣幸。

叶春

2020 年 11 月，罗得岛

THE BOOK OF NIGHTMARES

献给

莫德和弗格斯

尽管如此,但是:死亡,
死亡的全部——即便在生命开始之前,
如此温柔地捧着它,好好地:
这无法描述!

——里尔克

目录

一　莫德月下　_1
二　母鸡花　_15
三　流浪的鞋　_27
四　蓝色朱尼亚塔边亲爱的陌生人
　　在记忆中尚存　_39
五　在失去光的旅店里　_51
六　死者将被唤起永不堕落　_61
七　沉睡的小脑袋在月下发芽　_73
八　穿越莫知山谷的呼唤　_85
九　石间之路　_97
十　最后　_109

莫德月下

1

在小径上，
火光已灭的
湿地边——
黑灰，黑石，流浪汉
曾蹲下，
吞咽溪水，
咀嚼被诅咒的面包，
依偎细火无法温暖起来——

我驻足，
采拾湿木，
折断干燥的幼枝，为她，
她的脸
我曾捧在手中

几小时,而我的偿还
只是继续捧着她曾占据的空间,

我点燃
一支小火,在雨中。

黑
木泛红,死亡之表
即将耗尽时间,我看见
垂死的交叉枝丫
再次渴望宇宙,听见
湿木里,拥抱
被扯开,再扯开。

雨滴想
将火熄灭,
落入其间,被
改变:誓言被打破,
土与水,肉与灵之间的誓言被打破,
再被宣告,
一遍又一遍,在云中,再被打破,
一遍又一遍,在大地上。

2

我在火边
坐下,在雨中,对着它的温暖
说了几个字——
"石头 圣人 光滑的石头"——唱了
一首歌,我曾用这首歌遮盖
噩梦中的女儿。

在我前方某处,
一头黑熊独坐
它的山坡,摇摆着头。
它嗅吮
花儿的气息,雨中的大地,
终于起身,
吃下几朵花,蹒跚而去,
皮毛在雨中
闪烁。

烧灼的油脂
从字中溢出,

一个未发的音符——
爱的音符
在舌下盘旋,像郊狼的吠叫,
弯弧而出,跃入一声
哭嚎。

3

圆
脸蛋的女婴在摇篮里
醒来。挣脱绿色
襁褓,挣脱
丝线抑或是
法衣,一朵蓝
花绽放。

这个刚出生的她,
又唱又哭的她,
新上了路,头发
发芽,
牙床为她在地球上第一个春天开花的她,
雾仍然悬挂
在脸上,她
把手伸进
父亲的嘴,去抓
他的歌。

4

结束了,
小家伙,在那个单一体里
你独自的辗转、跳跃、翻滚,
在那座山下,
那古老、孤独,
在追忆中再次
突起的肚脐下,
你黑暗中蜷体的漂浮,
膝盖或胳膊肘抵住
湿滑的壁,用一个个踢打
雕琢这世界——
脐血环绕你低吟。

5

她的头
进入门槛,
门槛将她吸向前:
夹紧她身体,给予她
离别时颤栗的牢握,那缓慢
而痛苦的挤压,最后一次
塑造她在黑暗中的生命。

6

黑眼睛
睁开,黑睫毛
遮盖的瞳孔
打住,天门穴
在世界之光中长长搏动,

她面朝下滑入光中,
这一小团
惊惧的肉体
凝结天体奶酪,闪烁
非人间生命
的紫色星光。当他们剪下

她与黑暗的纽带时
她死了
片刻,炭一般蓝,
四肢随着记忆的涌出
颤抖。当

他们倒

提起她,她吸进

空气,喊出

第一支歌——身体泛红,

那慢慢

拍打的无羽的胳膊

已伸向虚无。

7

当寒冷注满
我们的山坡,你在摇篮里哭泣,
你的摇篮在黑暗里
摇摆,木头被刻成
笑容的形状,你的悲伤
从另一个世界涌来
比我们的还要莫名,

我会来到你身边,
坐下,
为你唱歌,你不知道
但会记住,
在大脑一个沉默的地带,
记住有个魂灵,
阴间祖先们的后代,在夜晚
为你唱歌——
不是穿梭于
天使明亮发丝间的
光之歌,

而是在舌上开花的
磨砺之歌。

因为当莫德月
在最初的夜晚微微闪烁,
射手在他星的摇篮里
吮吸宇宙的冰凉初乳,

我来到
河边,它生存与死亡的长久
躁动,来到泥沼沟,
泥土从冰冷的纹路中
渗出,用最初的地下微光
触摸这世界,
那里,我学会了唯一的歌。

而在未来的日子里,
当你失去父母,
失去
任何风的歌唱,任何光,
你舌上只有几片被诅咒的面包,

那时,但愿有个声音回到你身边,
魂魄般,呼唤你
"姐妹!"
它来自死去的万物。

那时
你将打开
这本书,尽管它是一本梦魇之书。

一
二

母鸡花

1

面朝下趴在
春天的夜晚,牙齿
咬进母鸡羽毛,点点血肉
仍嵌在羽隙里——如果
我们能像她一样
放弃,将自己
交给黑暗来决定,像这只母鸡,

头掖进
翅膀,安静
几秒钟,像她,
在迷魂草间恍惚起来,
或者翻过身
被一根手指触摸

从喉羽

到喉结

到在稀薄血液中

孕育 D 大调的叉骨,

再到

耸立的胸骨,

直至这肥物

晕眩过去,将头

甩向身后

的剁板,只渴望

死。

2

当沾着斧头
气的微风聚拢她,
她面颊凹陷,
冠
苍白,碾磨
过千粒命运之石的沙囊
抽搐起来:不管有没准备,
一颗蛋,
一颗金黄的地球,
滑出,于是甚至剥夺了
她的来生。

3

几乎陶醉
于消退的重力,我站着,
一只母鸡花
吊在手上,
翅膀
是我的翅膀,
我的骨与脉,
我的肉,
死亡后的
第一缕阴风吹起我通体毛发,

翅膀
造来只为飞翔——无法
写出无法拥他入怀的悲伤——也无法
飞翔,
所以等待
基因里甜蜜而永恒的烈火,
在某一天,如福音所说,将它送上

粉红天际,那里鹅群
穿越黄昏,叫声
荡漾。

4

借着尸首
之光,我看见母鸡
被剖开的肚子里一群微小
未出生的蛋,它们想
缩进那已经冰凉的肉体里,
变得更小更黄。我感到
那些零
围绕着我慢慢浸入的手指冻僵。

5

当北极光
在黑暗天空绽放并消失,
盛开得
如此彻底以致消失,
我将一只公羊肩胛骨
的透明部分放置眼前——

突然间我恍惚
看见宇宙将自己拼写,
那些巨大破碎的文字
在黑暗天幕上颤栗而过,消失,

一瞬间,
眼光闪烁的瞬间,我知道
百舌鸟将整夜整夜唱她的步枪之歌,
树将抱住狙击手的尸骨不放,
玫瑰将开花但无人看见,
渴望改变的蜥蜴将继续呈现血的颜色。

我走上
鸡舍,拾起
一只被黄鼠狼咬死的母鸡,拎着她
被吸食的尸首
走入晨光。当我把她举向
幼嫩的松枝,
高高掷出,她最后
一颗胶质的蛋滑落。
当她在大熊星的怀抱里翱翔,那已死的
翅膀难道没有吱嘎展开?

6

面朝下趴着，等待
公鸡的呻吟：
"这是个空洞的早晨。"
曾用后爪踩裂蛇头的公鸡
对石头
信徒们
呻吟三次。

记得很久以前，我把
第一颗乳牙
播在母鸡羽毛下，把叉骨之钩
种在母鸡羽毛下，
那块叉骨曾动人地向我分裂开来。

为了未来。

已然如此。

7

听着,金奈尔,
你被抛在
这古老的摇床上,活着
又在死去,
一层揉烂的鸡毛
是你
和那以你为形的黑暗之间唯一的阻隔,
放弃吧。

就连这闹鬼的房间,
这全部内容都与悲剧合影的房间,
就连那在地球中心面朝下飘泊的微小的十字架,
就连这些从翅膀上永远释放了的羽毛,
都是畏惧的。

三

流浪的鞋

1

蹲在救世军
二手店的货架边,一双接一双试
这些陌生人从中死去的鞋,我找到
一双年长的鞋,
它接纳我的脚
如同接纳它的第一双脚,依偎着
最细小的关节和肉茧。

现在我穿着死人的鞋
走出去,在新的光线里,
在别人流浪的
踏脚石上,
这只或那只脚
上的一丝刺痛说

"转弯"或"停下"或"向后"
"迈四十三个大步",惊恐中,
我可能已经迷失:
"第一步,"巫婆
看进水晶说:"即为
迷途。"

2

回到科斯瓦纳旅店,关上
多次被撬的门,
在这间天桥下的小屋里,我拉下
闪电划过的百叶窗,
脱掉鞋,将它们
并排
放在床边,
在被爱之酸、夜之汗、牙之尘
捻硬的床单上
蜷身,再次陷入
黑暗。

3

一个微弱的
吱吱声
在房间响起，
像低飞拍动的翅膀，
像肺病患者或老人
艰难的喘息。

鞋子昔日的
气味被我的脚汗
如同被一个孩子的吻
唤醒，升起，
飘向我躺在床单上
自己拥抱自己的身体，滑入
我瞌睡的头发，我会呻吟

或喘息，而那将是
另一个人的呻吟或喘息——是鞋
从前的脚，是在这间屋里死去的
酒鬼，他梦中的小孩

或许曾取笑
他老茧密布的脚,透过袜子
给它们巨大、滑稽的吻,抑或
是一个从亚洲火堆里
运回来的烧伤的
兄弟,丢在某个粉刷过的仓库里
等死,大汗淋漓地
将噩梦做完——是另一个人的呻吟
或喘息,他在更刺目的光线里
袒露自己的过失,
他的自白
比俄克拉荷马州男厕所
的臭屁、咕噜和饱嗝还龌龊,
而我正颤栗地进入他的噩梦。

4

目击的树
最后一次灼烧自己:道路
在开始穿越闪光的沼泽地时
颤抖起来,一阵阴风触摸
我周身,
某些脑细胞像大火中的幼枝一样爆裂
或死亡,
步步是惊愕,
脚下镜子般的破碎仿佛不堪
脸骨在皮肤下的瘙痒,
记忆延伸而去,
把血淋淋的手放于未来,鬼魂
附体的鞋在灰尘里抬起、落下,
灰尘的翅膀
展开,拍打
在这现世之途的脑波上。

5

是脚吗?
整天摩擦着鹅卵石
和菊石,这最卑微的
舌,用舔痕
把我们错误的历史告诉后面的尘土,
它就是翅膀
在我们身体里最后的踪迹?

还是
母鸡的噩梦,或她隐秘的幻想,
永远抓挠地面
从沙粒里吃入分分钟钟?

6

在这条路上
我不知道怎样乞求面包,
我不知道怎样乞求水,
这条路
创造着自己,
穿过焚尸之林,碎骨之地,
被血腥
指引,蹒跚向前。

我渴望获得伟大流浪者的
斗篷,他们
用纯粹的饥渴之灯
点亮自己的步伐,

且无论踉跄到哪里哪里就是路。

7

但是当巫婆
把我的水晶骷髅举向月亮,
把我的肩骨划过
宝瓶座时,她说:

"你活
在大熊星座的主宰下,
那是在混乱中挣扎
流泪的星座:
可怜的傻瓜,
可怜的苹果树
枝叉,你将感受所有骨头
断裂于
永生无法饮到的圣水上。"

四

蓝色朱尼亚塔边亲爱的陌生人在记忆中尚存

1

不再指望
那钟下
瞌睡的看门人
把金属门敲响,叫
"天亮了",

我听见古塔的钟声,
微小的圣铃飘遍
城市——那是我们爱的
蠕动,我们对永恒之爱的渴望
散落下来,一粒接
一粒,落入最后
最冷的房间,也就是记忆——

听那些占据
死人之床的蛆
爬出来,
闯进大脑,咬断
保存孤独之书的神经。

2

亲爱的高威：

　　这始于一个四月的失眠夜。月亮很黑。我的手感到麻木，铅笔在纸上莫名地自行移动。它画圆圈，画数字 8 和曼陀罗。我哭。我不得不扔掉笔。我在颤抖。我爬上床，努力祈祷，终于放松下来。然后我感到我的嘴巴张开，舌头移动起来，我的呼吸不是自己的。一个低沉的声音从我牙间强行冲出："弗吉尼亚，你的眼睛从我的世界反照回我。"噢，上帝，我想，我的呼吸急促，心开裂，噢，上帝，我想现在我有了个魔鬼情人。

你的，对此生不忠的，
弗吉尼亚

3

黄昏，在蓝色的朱尼亚塔边——

"一个乡村美国，"杂志上说，

"如今消失了，但在记忆中尚存，

一个原始花园永远消失……"

("你看，"我对母亲说，"我们只是以为自己在这里……")——

寻根人

走入树林，拉起

处女泽地的爱根，

抓着茎将铁锹

撬起，伴随最后一声

巨大、低沉的

"嘭"

根放弃它的所在。

4

"将壶盛上蓝水,
放在岑树枝
生的火上烧,
捣碎根,
扔进水中,浸软,在灰烬上
重新加温,放入瓶,
用死人拇指做瓶塞,
在郊野马粪里
放置四十天,喝下,
睡觉。"

当你醒来——
如果你还能醒来——那将是天狼星年,
它由从过去岁月中打捞
出的碎片组成,
由时间无法碾入自己血与笑之餐
的残渣废料组成。

如果仍有一个爱

需要懂得,仍有一首诗
需要释放生命,
你将只可能在这里
找到它。你的手
不由自主地
滑下弯曲小径,
被真空的恐怖
和恐怖的诱惑
牵引:

一张脸在你手中成形,
在纸绝对的白上
一首诗将自己书写:它的标题是所有诗
的梦境,所有爱的文本——《对生存的温柔》。

5

在这个岸边——我们的岸边——
下面流淌着蓝色、消失的水,你躺着,
在你的床上哭泣,听见
细碎
可怕的离别之声
擅入黄昏的处女林。

我,也吃过
黑岸之餐。在时间
自己的床垫上,一个人形凹痕
躺在另一个凹痕边——那些早到者
被抛入其间的坟墓,
那些爱人,
或者相爱的朋友,
或者陌生人,
他们曾在此爱过,
或者在此碾磨过噩梦中的牙齿,
或者把一夜情谈完,
三圣颂钟声

每小时在这座钢筋玻璃之城死一遍——

我躺着,无眠,想起
母鸡那被撕裂的身体,
它的温暖
吓坏了我的手,
她的所有欲望,
所有死亡的味道,
再次在星光中绽放。然后是等待——

并不长,只是我的一生——
等待她在石间归来时
小小、温柔的
砰的一声。

这难道是真的——
所有身体,是一个身体,一个光
由所有人的黑暗组成?

6

亲爱的高威:

　　没人能帮我因为上帝是我的敌人。他给我欲望和喜悦,他砍掉我的双手。我的大脑被他的血液窒息。我问为何我需要爱这个令我害怕的身体。他说,"它是那么高贵,它将永远无法再塑——亲爱的闪烁的棺材。难道你从没为一样东西感到如此自豪你想它成为你的猎物?"他的声音在我的喉咙里哽咽。他,毒蛇的灵魂,主人和猎取者:他想杀死我。原谅我的盲目。

　　　　　　　　　　　　你的,身陷黑暗的,
　　　　　　　　　　　　弗吉尼亚

7

蓝色朱尼亚塔边在记忆中尚存的
陌生人，
这些穿越空间的信，
我猜，
将是我们对彼此的全部所知。

渺小的我们将自己从虚空的针眼中
穿过。

不要紧，
自我是最小不过的。
让我们的伤疤相爱吧。

五

在失去光的旅店里

1

左手边的凹痕

是散发着解剖味的酒鬼

死时留下的,我的身体陷入

他的形状,我注视着,正如他

当初也曾注视着,一只苍蝇

被黏液缠绕,翅膀哀叹,

意志完全集中于

"时间,时间",在下旋的阶梯间

他落得更低,翅膀

为生命哀叹,身体在蜘蛛的

凝视下

收缩,蜘蛛那抽象的凝视

甚至能使噩梦吐出恐惧,

死掉。

苍蝇
停止挣扎,翅膀
震颤出一曲待死的
失败之歌,像罗兰的号角
从比利牛斯山脉环旋而下,
把黑暗、圆满的乐音留给
最后。

2

血腥的小蜘蛛们

在他的肩膀

和胸脯上乱书回忆录,

在它们留下的光里,房间

回荡着

阴毛自行脱落的细碎声;从他被剥光的皮肤上,

相思的虱子

钻出,欲跳离那必死之地——

然而又止住,

埋下头,最后一次

品尝那爱之肉。

3

我，是他被掏空的肉体，
他空虚的满盈，
他来世的抄录员，
我为他
用蛔虫般乏力的字母
写下最后的话语，为他向后代
寄去最后的明信片。

4

"我依偎着在鸡腿的浓油中四溅的细火,
我昏厥于路旁勿忘我开放的裂缝边,
我看见游乐场的转轮用霓虹在夜空书写巨大孤寂的零,
我把脚心涂紫为了在某一天展现这美丽的颜色,
我摇晃着死亡判决书走过空荡街道,鹅卵石向我保证:"你在劫难逃",
我听见自己的叫喊已在冲上岸的瓶里哭嚎,
我把祈祷鬼书于噩梦的肢体语言中。

"如果那个看门人把门敲响,再次抱怨
从门底钻出的破膛之尸的
甜腻粪味,告诉他:"朋友,活着
有一个穷困的表妹,
她会在今晚到来,报上姓氏:
离开。每次拜访
她都会更换骨上的破烂肉衣。"

5

紫色瘀伤
布满他全身,隐形的
拳头最后一次捶打,脐血
又开始呻吟,鼓起的脐眼
爆裂,淫欲的梦魇
奔回起源。

6

至于骨头，被抛在
瓦罐店后面狼藉的碎片和灰堆里，
因恐高而慢慢陷入
泥土，或者爬出火焰，
龟裂或爆炸，然后重新升起，
在春天，在梨树枝上，照耀下面
两个拥抱的人。

至于这些散落在未来的文字——
"后代"
这个太深藏于过去的创造
将无法听到它们。

7

上述的一切抄录于
七零年三月，
在我的第一万六千个战争和疯狂的夜晚，
在失去光的旅店里，在滑向
月黑的高速路上，在离别的
绝对咒语中，伴着
发自蜘蛛眼睛那对相交半球的光。

六

死者将被唤起永不堕落

1

一具尸首
在田野里冒烟——

腐肉，
骷髅，
残屑，
断骨，
油渣，
污垢，
医院垃圾桶倒出的杂碎。

"中尉！
这具尸体仍在燃烧！"

2

"是你吗,上尉?当然,
当然我记得——我仍然能听见
你在对讲机里训导我:'别放低枪,伯恩斯!'
你吼叫:'停止射击,上帝啊,伯恩斯,
他们和我们是一伙的!'但是上帝啊,上尉,
我已经无法停止,一发
发的子弹蹦起
落下……记得北边
那个伞兵吗?
我把他射到只剩肠线挂在降落伞上,
每晚我一吃下安眠药,
他的一只细眼,一片
笑,就会从我面前浮过……"

"我只是
爱它们发出的声响,
我想我只是爱
它们在我手中喷溅而出的那种感觉……"

3

电视屏幕上:

你的身体出汗吗?
汗有异味吗?
假牙掉进早餐里了吗?
感到恐惧不安吗?
头痛比你的命还长吗?
腋窝又在长毛吗?
屁股肥硕到饭桌前不需椅子吗?

"我们将不会全都入睡,但是我们都将被改变……"

4

在我擅自闯入地球的第二十个世纪，
已处决了十亿个异教徒、
异端分子、犹太人、穆斯林、巫婆、术士、
黑人、亚洲人、基督兄弟，
他们都咎由自取，

处决了整个大陆的红种人，因为他们不但生活方式不自然
还与这片土地依依相连，
处决了十亿种动物因为他们比人类低贱，
并已准备好了对付嗜血的外星生物，
我，一个基督徒，在呻吟中宣布最后的遗嘱。

我把血液中五十份聚乙烯、
二十五份苯、二十五份耐用汽油
留给天空中最后一名轰炸机飞行员，使这个乏味的
世界有一亩田，那里吻之花开放，
亲吻你直至你的骨头在它唇下爆炸。

我把舌留给死亡的秘书，
让他告诉众尸："很抱歉，伙计们，
但是杀戮是那种
难以预见的事——就好像牛，
比方说，被闪电击毙。"

我的胃，它曾消化了
四百个授予印第安人
土地永久权的条约，我把它留给印第安人，
连同我的肺，四百年来
它们从和平烟筒里吸食优良信仰。

我把灵魂留给蜜蜂，
让它蜇，蜇完就死；把大脑
留给苍蝇，它背上那疯癫的黏土绿色，
我让它吸，吸完就死，我把肉留给广告商，
给憎恶人肉换钱的反娼者。

我把弯曲的脊柱
留给骰子制造者剁成骰子，
让人们去赌谁将在衬衫上见到自己的血，
谁将见到兄弟的血，

因为比赛不是比快而是比邪。

为地球上最后的幸存者,
我留下我被恐惧用旧的眼皮,让他戴着它们
度过漫漫长夜的辐射和寂静,
那样他的眼睛就不会闭上,因为遗憾
如同泪水可从闭合的眼皮渗漏。

我把手留给虚空:小指头不再掏鼻孔,
灰渣粘住无名指的黑棒子,
几颗火星从混账指尖喷出,
食指控诉已经消失的心脏,
拇指桩上缕缕烟雾搭车进入虚空。

在这地球第二十个世纪的
噩梦里,我以我闪亮的睾丸的名义
宣告这份遗嘱
和我最后的
铁的意志,我的爱之惧,钱之痒,我的疯狂。

5

水沟里
蛇在腐烂的大腿上
爬出凉飕的路,脚趾骨
在烧橡胶味里抽搐,
肚子
开放如夜晚的毒花,
舌已蒸发,
鼻毛上沾着黄白尘土,
双手的十团火
已经熄灭,一只蚊子
在这碟安详中啜饮最后一餐。

而那只苍蝇,
那最后的噩梦,孵化着自己。

6

"我跑

我的脖子已断我跑

手举头颅我跑

想着火焰

火焰将烧掉双簧管

但是听啊兄弟它触不到那些音符!"

7

几根骨头
躺在骨灰烟里。

骨膜,
压入草中的肖像,
木乃伊缠布,
脱落的皮屑,
焚化的床垫归还世界的凹痕,
留在妓院天花镜里的记忆,
天使的翅膀
扇动着滑入去年的雪,

跪
在烧焦的土地上
在人与动物之形里:

"不要让这最后的时辰过去,
不要把我们唇边这最后的毒杯拿开。"

一阵风载着
我们日夜性爱的叫喊
在石间飘移,搜捕
两具交缠骨骼发出的最后喊声。

"中尉!
这具尸体仍在燃烧!"

七

沉睡的小脑袋在月下发芽

1

你哭喊着从噩梦中醒来。

当我梦游般
进入你房间,抱起你,
把你举向月光,你靠住我,
紧紧地,
就好像依偎能够拯救我们。我想
你想
我不会死,我想我向你流露出
烟雾或星星的永恒,
而此时
我断裂的胳膊正围绕着你愈合。

2

我曾经听见你
对太阳说:"不要落下",我曾经站在你身边
当你对花朵说:"不要老,
不要死。"小莫德,

我会把你银杯里的火焰吹灭,
我会把脓从你指甲里吮干,
我会梳理你落日般的新发,
我会刮掉你象牙骨上的锈,
我会帮助死亡从你小小的肋骨中逃脱,
我会把你摇篮的灰烬重新炼成木头,
我不会让你的一丝一毫离去,永远不会,

直到洗衣妇
感到衣服在手间睡着,
直到母鸡将咒语写在斧刃上,
直到耗子从瘟疫文化中走开,
直到铁将武器扭向真正的北方,
直到油脂拒绝滑向前进的机械,

像那些遗留下来的鞋子,
像老人断续话语中
的形容词,
它们一度能够唤回失落的名词。

4

而你自己,
在某个不可能的星期二,
在二〇〇九年,会走进
田野的黑石间,
在雨中,

石头重复着
它们的字:"斯嘎,斯嘎,斯嘎,"

雨滴
敲在你的囟门上

一遍又一遍,你站在那里
无法使它们进入。

5

如果有一天,
你发现自己正与一个相爱的人
在庞德米拉比一端的咖啡厅
镀锌的酒吧里,
白葡萄酒立于高脚杯,

如果那时你也犯了我们曾经犯的错,
以为
"有一天这一切都将成为记忆",

当你站在
桥的这一端,
想桥会从爱伸向永久的爱,
那么学会,再深入一点,
深入那些即将来临
的悲伤——去抚摸
脸庞底下几乎虚无的骨头,
去倾听笑声下面
风掠黑石的哭泣。去吻

那嘴唇,
它对你说:"这里,
这里就是世界。"这嘴唇,这笑声,这太阳穴下的骨头,

这未舞的消失之拍。

6

借着月亮送回的
光,我可以看见你眼睛里

那只呼唤的手,它曾经
在我父亲的眼睛里,一只渺小的风筝摇摇摆摆
起飞于他最后所见的暮色中:

而众生的天使
放开了线绳。

7

你回去,回到摇篮里。

最后一只黑鸟点亮它金色的翅膀:"永别了。"
你的眼睛在头颅里关闭,
这么快
时辰已在你梦中歌唱。

沉睡的小脑袋在月下发芽,
等我回来时,
我们将一起出去,
一起走在
万事万物里,
并总将过迟地明白这个道理:"死的报酬
是爱。"

八

穿越莫知山谷的呼唤

1

在陷入地蚀的红房子里,
窗边一盏灯,纠缠的灰烬释放着
唯一的火,
一只做梦的铁鞋钉在墙上,
两个不相称的一半在黑暗中并排躺着,
我的手能感到
胎儿鱼一般地翻转,
继而又在自己的黑暗中安静下来。

她的头发在火光中闪亮,
她的乳房饱满,
肚子鼓胀,
火光的夕阳
摇曳地落到一边,我的妻子睡着,

快乐,
遥远,在这世界的另一个
新打开的房间里。

2

汗渗出太阳穴,
阿里斯多芬尼斯脱口
而出——无非是一时的编造,
一时噩梦的产物,
然而从那一刻起它就刺痛着我们:
我们每个人
都是被分裂的一半,
去寻找失去的另一半,
直到死,或放弃,
或真的找到她:

像我自己,在一架欧扎克
DC-6 的飞机里飞越
由交叉路织就的城市,飞往
爱荷华州的滑铁卢,真的找到了她,
将她的脸捧在手中几小时,
但又因为懦弱、
忠诚及其他以"必要"为名的理由
离她而去……

3

然而我想
一定是这个伤,这个伤本身
使我们相知、相爱,
强迫我们去关怀那不相称的一半,
通过一种
灵魂的诗意,在片刻中获得
那个希腊酒鬼
从沉醉中推断
或由空虚鞭打
出来的完满,

那至纯、
至悲的笨拙的缠绵,两个陌生人
紧紧拥成一个,在地球上的一瞬间。

4

她不完整地躺在
我身边——她和我曾经
一起观察蜜蜂,曾经都是梦者,还未
被浸入渴求的酸液中,还未被腐蚀成蝇虫,吸食
春天梨树的
花尘,

我们俩
一起躺在
树下,在大地上,在我们空洞的衣服旁,
我们的身体展向天空,
天空中闪烁的花朵
飘落下来,
蜜蜂在花朵间闪烁,
我们心的身体
开放,
在树的知识下,在草
对坟墓的知识上,在花丛的花丛间。

大脑不断在通体

绽放，直到骨头自己能够思考，

生殖器释放出一波接一波的神圣欲望，

直到就连死去的脑细胞

也开始奔涌，陷入上帝般雌雄一体的狂想——

我明白了

独角兽的阴茎终究能

单靠思维而勃起。

5

在一所南方监狱,
警长一边唾沫横飞地
咒骂我,一边抓住我的手,拉它滚过
他身体的果肉、螺纹、
拱廊,进入那禁忌地带,
那血液的金丝雀唱歌的秘密领域,
直到肉花
被压入他肮脏的
记事簿,然而事后
最令我记得的是那份关怀,
他的手在我手上几乎带有爱意的
动物温柔。

相比于我们,他更深知
那地狱之笼的严酷,
所有欲望不减,却没有身体安抚它们。

而当他自己在一片海上
漂流,他几乎开始记起,

当他漂流进一种早已明悉的黑暗;
当风的呻吟
和肺的喘息彼此呼应,
他沉陷下去,漂流的愿望
变得丝毫不再重要,

这时难道无法相信
当创世主
最后一次抚遍他全身,
他将梦回所有
被他握入手中的黑手白手?

6

假如我留在
那个滑铁卢女人身边,假如
我们在一座叫萨法的小山上相遇,在我们自己的
国土里,
我们躺在草地上,
看进彼此的盲目,叶影
在阳光中摇过我们的身体,
我们将脸
倾向彼此,像母鸡那样,
当热量从温暖的蛋
流回她的通体,银月
在天堂为我们驻足屏息——

我想我会闭上眼,从那刻起
像天生的盲人一样移动,
脸
已经进入天堂。

7

我们这些平凡度此一生的人,我们
把手放进无论哪个爱人手中
待它消失,
待我们消失,
并仅仅通过到达而跌向
某种命运。

它也许是一片斑驳于月下的石地,
那里肉体
在骨头自行其道前
最后一次裹住它的枯骸,

我们或许仍将无法听见,即便那时,
熊在山坡上的呼唤——
他的呼唤,像我们的一样,需要
回答——而熊穿越
莫知山谷的黑暗
用那唯一一个不需要用舌头调解的字应道:

"是……是……?"

九

石间之路

1

路蜿蜒
向上,朝着高耸的山谷,
那里有瀑布和被水淹没马蹄踏碎
的春之低地,
水草
在水面最后的光之杯中蒸煮,
因渴望飞而生出粉刺的毒蛇
布条般挂满黑石,嘶嘶作响——这是
大羽毛
和黑水满盈的头颅的栖息地——

我走进一片田野,
它在上千只蜕了皮的箭头中
闪烁,石头

颤抖着跃向前,
将自己给予生者
破碎的心,
而生者,把破碎的自己,还给石头。

2

我闭上眼：
沙滩在热浪中起伏，
山垂入海，
晶莹的
沙尘从葬礼贝中滚出，
我看到
它们不因我
而生，不因我
而死，这些呈翅膀
或蛋状的石头，
破碎的军螺，
狗耳朵般的不朽贝，
在它们里面，巨大的黏土星座伴着满月
为沙粒裹上又一层
无形之衣，

玛瑙石从画在地上的圈中
弹起，发出叉骨断裂的
咔哒声，

那些仿佛从夕阳中解剖
出来的内旋金球
将再也不会打开,

还有那块晶石
在水面跳起十次,
快要沉入时突然奔跑,
身后的零
相遇,相溶,
然后将自己
从水中抚平……

3

我从自身走出,
在田野的石间,
每块石都把自己的鬼魅之花
送向星光,在树顶
飘移,渴望
与宇宙间不断点燃熄灭的神秘火焰

结合——然后倒下,懂得
这愿望的悲哀,
落回
大地闪烁的瘀伤中,
这些牧场和田野间的石头,
这些伟大的花岗岩颗粒,
就连它们,也因对疯狂和战争的古老遥想而微明。

4

一条路
在我脚下展开，我顺着
被夜点亮的骡之阶走入地球，
身后的足迹
已充满夜鹰祭祀
前的颤音，我走入
一张令人无法喘息的嘴，
那里有我所热望且失去的一切。

一个老人，额戴
一盏石灯，蹲在
地狱之火旁，搅拌
锅里的乌鸦
脑袋、白光线绳、
孔雀开屏的翅膀、
夜鹰盛装的身体、知更鸟
拖过战场的胸脯、死人头颅中
绞出的花——用从沙漏上腹
偷来的沙

将它们盐焗……

空无。
总是空无。平凡的血液
在额灯照耀下蒸煮一光。

5

然而,不,
也许不是空无。也许
从不空无。身穿
由蛇的蓝色唾液
织就的衣服,我向上爬:我发现自己
活在万物指纹的螺旋里,
骷髅呻吟,
血之弦哭嚎着万物的哭嚎。

6

目击的树

在焚尸的火焰边愈合伤口,

火焰

从骨堆升起,新生的渴望

跃出灵魂,

一束阴郁蓝光

在所有的山脊上点亮。某处

血祭的传说里

催肥的牛

把火炬抱入怀中

并将之点燃。

7

上面：最后几颗散布的星
以宝瓶座的形状跪下：
将几滴水
泼在头顶，
在这连星星都热爱的地球的草场上，泼洒神圣的水……

下面：坟地里
灯开始点亮，每一盏为我们每一个人，
在石头的
每一扇窗里。

†

最后

1

瘦削的瀑布如从天堂
漫步而出的小路,拍打
在悬崖边上,跃起,抖落。

我身后某处,
一团小火继续燃烧,在雨中,在枯寂的炭里,
它为谁而点,现在,已不重要,
它用自己的火焰
来温暖
进入它光芒的一切:
一棵树,一只迷失的动物,或石头,

因为在这个垂死的世界它被点燃。

2

一头黑熊独自坐在
黄昏里,头摇摆,
身体打转,
在地球上拖出四足的圈。它嗅着
微风中的汗味,知道
一个活物,一个会死的活物,
正从树后观察它,
终于它知道
我已经不在那里,它自己
正从树后观察
一头黑熊
站起身,吃下几朵花,蹒跚而去,
皮毛在雨中
闪烁。

多么闪烁啊!桑乔·弗格斯,
我的儿子,有着那样非凡的肩膀,
出生时头钻了出来,身体
却被卡住。他睁开

眼：他的头在房间里
完全孤独，他用痛苦的
几乎黏合的眼睛斜视
溅落地板的九月之血。而我
几乎笑了，几乎预先原谅了一切。

当他的身体终于全部钻出，
我抱起他，弯身
去嗅
他头上乌黑闪烁的毛发，
就像虚空
弯身去嗅
新生行星的草地和野蕨。

3

走向悬在河上的
山崖,我对石头呼喊,
石头呼喊
回来,喊声在碎石间寻找
我的耳朵。

停下。
当你走近一面回音
崖壁,你感到
来自石头的声线
不再回答你,
已变成石头,什么都不再返回。

这里,在回答
与空无之间,我站着,穿着那双旧鞋,
母鸡油脂的彩虹在上面浮过,
鞋里的骨头
在步伐中同起同落,
向前释放出脚趾,整只脚都在努力

溶入未来。

麋鹿蹄声阵阵。
沙漏的上半
已空吗？真的是
只有地球，而地球不会持久？

河上，世界抓着一具尸体漂浮。

停下。
就此停下。
生带你至死，别无他路。

4

这是第十首诗,
最后一首。它在
最后,一
与零
一起走掉,
一起从这些书页的末尾走掉,
一个活物
与虚无相伴离开。

最后
即是光明。它是所有
先前的事物积聚起来的光明。它会持续。
而当它结束的时候,
将什么都没有,什么都不会
留下,

在车锈里,
在射手身上扯开的洞里,
在散发着石头倦意的河雾里,

死者躺着，
空虚，满盈，在最初，

第一声渴望
再次从他们嘴里发出。

5

很久以前的那场巴赫音乐会——
满厅的
女士先生们仿佛永远不会死……
话声停止,
房间安静下来,
小提琴手
把脸上不可挽回的悲伤
放进展开的
木头里,乐声响起:

一阵松香,
弓倾其发丝,细听
那哭嚎,
那性欲的
来自我们生活过的巷尾和血弦的哭嚎,
仍在哭,
仍在唱,发自切开的
猫肠。

6

这首诗,
如果我们这样称呼它,
或者这场自我
分裂者的音乐会,
这个潜天者
朝向地球的姿态,
他背上的虫子
旋转而出,
已在啃
他爱人的丝绸,她们本可以拯救他,
这个张开手臂进入
飞行状态的自由
飘浮者,在遵守必然规律时坠落……

7

桑乔·弗格斯！不要哭！

或者，哭！

在这具尸首上，
在这摊泛蓝的肉上，
看你能否找到
一只发笑的跳蚤。